KB100663

오로라

오로라

최진영

위즈덤하우스

네 친구는 말했다.

그땐 모든 것이 가능하리라 믿었지.
동기부여가 필요했던 것 같아. 일단
저질러놓고 그걸 계기 삼아서 더 힘을
내려고 했던 걸까. 아무튼 난 정말
열심히 했어. 아무도 믿어주지 않겠지만
최선을 다했거든. 이제는 무엇을 더 할 수
있는지도 모르겠어……. 그래도 해야겠지.
같은 방식으로 다시 실패하더라도 그
방법뿐이겠지. 중요한 건 결과니까.

그날 그는 '믿기지 않겠지만' '믿을 수 없겠지만' '믿기 싫지만' '믿을 수밖에 없었지만'이란 말을 거듭했다. 그와 헤어지고 돌아오는 길에 너는 믿음이란 무엇일까 생각했다. 무언가를 온전하고도 완전하게 믿는 게 과연 가능할까. 얼마나, 어디까지 믿어야 믿음이라고 할 수 있을까. 너는 '믿음, 소망, 사랑 그중에 제일은 사랑이다'라는 경구를 떠올렸다. 믿음은 둘째 또는 셋째구나. 어쨌든 첫째는 될 수가 없구나. 믿음은 사랑보다 슬프겠구나…… 생각하며 믿음, 믿음, 믿음 중얼거리다 보니 믿음과 미움은 비슷한 구석이 있는 것도 같았다. 오래전에 좋아했던 노래가 문득 떠올라 잔잔하게 흥얼거리던 너는 '맙소사, 다 기억나' 하고 중얼거렸다. 20년도 전에 발표된 노래의 가사를 전부 기억한다는 사실이 놀라워 너는 우뚝 멈춰 섰다. 외우려고 노력해본 적도 없는 가사를 어째서 기억하는 것일까. 너는 다시 천천히 걸으며 생각했다. 기억이란 참으로 기이하다, 인간의 뇌는 블랙홀 같아……. 너는 네가 기억하는지도 모르면서 기억하는 것들을 모조리 꺼내보고 싶었다. 그것을 찬찬히 들여다보고 이어 붙이면 네 삶이 다르게 보이지 않을까. 그럼 너를 타인처럼 사랑할 여지가 생기지 않을까. 노래를 재차 흥얼거리던 너는 그 순간 마음을 두드리는 가사가 있어 핸드폰을 꺼내 문장을 적고 네 번호로 메시지를 보냈다.

안 된대도 아무 상관없어요. 내 마음만 알아줘요.•

• 이소라 〈믿음〉. 1998년 발매된 《슬픔과 분노에 관한》 앨범의 1번 트랙.

그때 너는 그 문장이 믿음의 정의에 가장 가깝다고 여겼다.

∞

12월의 셋째 날 오후, 너는 제주공항에 내려 102번 버스를 탄다.

너는 핸드폰을 확인하거나 사람들을 둘러보지 않고, 책을 읽거나 음악을 듣지도 않고, 버스 좌석에 앉아 하염없이 창밖을 바라본다. 한 시간 정도 지나 버스 안내 방송에서 네가 내려야 할 정류장 이름이 흘러나온다. 너는 하차벨을 누르고 버스가 정차하길 기다린다.

제주는 세 번째 방문이다.

첫 번째는 고등학교 수학여행. 그때의 기억은 거의 남아 있지 않다.

두 번째는 20대 중반. 계약직 일을
그만두고 당시 애인과 며칠 동안 여행을
왔었다. 그 기억 또한 흐릿하다. 바다, 오름,
거센 바람, 한적한 도로 등이 뭉뚱그려 떠오를
뿐. 가장 인상적으로 남아 있는 장면은
뒷모습이다. 오름을 앞서 내려가던 그의
뒷모습을 바라보던 네 마음은 복잡했다. 그를
당장 돌려세워 언성을 높이며 싸워서라도
엉킨 감정을 풀고 싶은 마음과 그가 돌아보지
않는 사이 감쪽같이 숨어버리고 싶다는
충동이 동시에 들었다. 그는 돌아보지 않고
계속 걸었고 마침내 너의 시야에서 사라졌다.
그가 너를 찾지 않았으므로 너는 숨을 필요도
없었다. 그는 주차장에 세워둔 렌터카에 탄
채로 너를 기다렸다. 그런데 그것은 정말
기다림이었을까? 수행에 가깝다고 너는
느꼈다. 애인의 역할 또는 책임을 다하려는

수행. 그는 운전석에 앉아 차창 밖의 너를 바라봤다. 너는 그의 노력을 생각했다. 너와 언쟁하지 않으려는 노력. 먼저 화내지 않고 상황을 견디는 노력. 그것은 다음처럼 바꿔 말할 수도 있었다. 너와의 언쟁조차 포기한 사람. 문제를 해결하지 않고 다만 회피하려는 저 사람.

운전석에 앉아 너를 기다리는 그의 생각과 그가 내뱉을 말을 너는 예상했었다. 네가 짐작한 말은 '나는 할 만큼 했다'였다. 그러나 숙소로 돌아가는 길에 그는 이렇게 말했다.

그냥 좀 넘어갈 수는 없는 거야?

그 말을 듣고 너는 생각했다. 당장 차에서 내리고 싶다고, 제주도를 떠나고 싶다고, 이 사람을 더는 견딜 수가 없다고. 너는 대답했다.

아까는 갑자기 화를 내서 미안해. 진심은 아니었어.

어째서 너는 생각과는 다른 말을 했을까? 마음에 없던 사과를 꺼냈을까? 생각과 반대되는 말을 하게끔 하는 것이 사랑인지도 모르겠다고 너는 생각한다.

그때 무슨 문제로 다투었는지, 너는 전혀 기억하지 못한다. 지금 어디에서 무엇을 하며 어떻게 살고 있는지 알 수 없는 그 또한 기억하지 못할 것이다. 당시 두 사람에게 그토록 중요했던 그 문제는, 두 사람을 충돌시키고 분노를 불러오며 감정의 밑바닥까지 내보이기를 요구했던 그것은, 이렇게 누구도 기억하지 않을 아무것도 아닌 것이었다.

이후 1년 정도 더 만났을까? 이별은 쉬웠다. '이제 그만하자' '그래, 그만하자'는

말을 주고받는 것으로 끝이었다. 그리고
그만한 자리에 들어차던 허무. 짙은 먹구름.
오래도록 나타나지 않던 태양. 너는 혼자였다.
그와 연애하던 때에도 혼자라고 느꼈던 때가
있었다. '혼자'에는 너무나도 다양한 상태가
존재한다. 너는 너에게 가장 적합한 혼자의
상태를 찾고 싶다. 혼자인 채로 사랑하고,
실망하고, 단념하고, 이별하고, 다시 사랑하고
싶다. 사랑에 이기거나 지지 않고 화합하고
싶다. 이제 버스에서 내려 화물칸에서
트렁크를 끄집어내는 너, 멀어지는 버스를
바라보고 선 너는 지금까지와는 또 다른 이
순간의 혼자다. 오랜만에 20대의 연애와
이별을 곱씹던 너는 믿음에 관한 단상이
떠올라 핸드폰을 꺼내 문장을 적고 네 번호로
메시지를 보낸다.

당신 없이는 내 마음도 없어요. 알 수
없어요.

∞

한 손에는 지도 앱을 띄운 핸드폰을 들고,
다른 손으로 트렁크를 끌면서 너는 걷는다.
85미터 직진 후 우회전, 177미터 직진 후
좌회전, 70미터 직진 후 좌회전하고 조금
더 걷다 보면 왼쪽 편에 나타나는 필로티
구조의 3층 건물. 거기 제주도 장기 거주자를
위한 숙소가 있다. 너는 그곳으로 가야 한다.
그곳에서 두 달을 지내야 한다. '믿을 수
없겠지만'이란 말을 거듭하던 네 친구의 믿음
때문이다.

대학 졸업 후 얼마간 세무사 시험을
준비하다가 단념하고 중소기업의 재무팀에서

5년 넘게 일하던 네 친구는 지난 연말 퇴사했다. 시험에 다시 도전하기로 마음먹은 것이다. 공부를 시작하고 얼마 지나지 않은 봄, 새벽 2시 무렵, 그는 제주도의 장기 숙소를 검색했다. 5월의 필기시험에 합격한 뒤 여름에 있을 실기 시험도 통과한다면 연말에 합격 소식을 들을 수 있을 테니, 본격적인 실무 교육에 들어가기 전까지 제주에서 두어 달을 지내며 자유와 기쁨을 만끽하겠다는 계획을 세웠기 때문이다. 그때 그는 지쳐 있었다. 올해 반드시 합격할 수 있다는 믿음이 필요했다. 그는 충동적으로 검색했고 예약했고 결제했다. 8개월 후로 잡힌 숙박 일정과 결제 금액은 그가 간절히 원하는 믿음의 구체적 형상이었다.

그는 필기시험에 합격하지 못했고 한 번 더 도전하기로 빠르게 결심했다. 좌절에

빠져 있을 시간이 없었다. 그는 다시 공부에 몰두했고 제주도의 장기 숙소 예약을 잊었다. 그리고 일주일 전, 예약을 확인하는 알림을 받은 것이다. 그는 잠깐 고민했다. 두 달 동안 제주에서 공부할까? 바로 고개를 내저었다. 비행기를 타고 이동하는 시간마저 아까웠다. 예약을 취소하려니 위약금이 너무 많았다. 그는 숙박권을 양도할 만한 주변 사람을 떠올렸다. 출퇴근하지 않는 사람, 돌봐야 하는 가족이나 반려동물이 없는 사람, 두 달간의 숙박비를 그에게 줄 수 있을 정도의 여유가 있는 사람. 비혼, 1인 가구, 프리랜서, 전세 거주자인 너. '믿기 힘들겠지만 아무리 생각해도 너뿐'이라고 그는 말했다. 너는 반박하지 않았다. 이어서 그는 말했다.

믿기지 않겠지만 거기 한 달 숙박비가 서울의 웬만한 원룸 월세보다 저렴해. 걸어서

10분 거리에 바다가 있고 주변에 편의
시설이 다 갖춰져 있고 웬만한 가전제품과
생활용품을 모두 마련해둔 곳이 그
가격이라는 게 믿겨? 아무리 비성수기여도
놀랍지 않니?

　호스트가 에어비앤비에 올려둔 숙소
내부 사진을 핸드폰으로 보여주며 그는 계속
말했다.

　봐, 원룸이지만 엄청 넓어 보이지?
식탁이랑 침대도 있어. 수납장도 충분하고
테라스도 있고 일단 룸 분위기가 정말
감성적이지. 수십 개 숙소를 비교해서 고심
끝에 고른 곳이거든. 여기서 두어 달 지내면서
매일 해변과 올레길을 걷고 오션뷰 카페에서
여유롭게 책도 읽으면 세상에 그런 천국이
어디 있겠니. 그리고 너도 알지. 여행 가면
평소보다 더 잘 챙겨 먹는 거.

그가 만약 주말에 같이 쇼핑을 가자고 청했다면 너는 거절했을 것이다. 유명한 식당에 가자거나 흥행하는 영화를 보자는 제안 또한 거절할 수 있었다. 그러나 부탁하는 입장이 더 곤란할 가능성이 있는 청을 거절하긴 어려웠다. 그는 다급해 보였다. 거절하면 너와 그 사이에 금이 갈 것만 같았다. 너는 이번 기회에 자신을 시험해보고 싶었다. 네가 바로 숙소 비용을 이체하겠다고 하자 그는 기대치 않은 일이 일어났다는 듯 놀란 표정을 지었다. 잠시 고민하던 그는 두 달 치 숙소 비용에서 비행기 티켓 값만큼을 빼주겠다고 했다.

오늘, 제주행 비행기를 기다리던 중에 너는 그의 전화를 받았다. 그는 한숨을 쉬며 말했다. 좋겠다. 네가 정말 부럽다. 내 덕에 숙소도 편하게 구했으니 지내는 동안 나한테

귤 한 박스 정도는 보내라. 재밌게 놀다 와라.
너는 당혹감과 불쾌감을 동시에 느꼈다.
그의 말투에서 '참 한갓지고 팔자가 좋다'는
비아냥거림을 감지했기 때문이다. 너는 어느
정도 그의 곤란한 상황을 해결해준다는
심정으로 숙박권을 양도받은 것인데, 그
마음을 부정당한 것만 같았다. 너의 선의는
지워졌다. 숙소를 알아봐주고 비행기 티켓
값을 제하면서 그가 너에게 선의를 베푼 것이
되었다. 그는 말 몇 마디만으로도 마치 네가
먼저 여행을 원한 것처럼 상황을 바꿔버렸다.

　　제주공항 활주로에 비행기가 착륙할
때까지 너는 불쾌감을 곱씹었다. 수하물
받는 곳에서 트렁크가 나오길 기다릴 때는
피해의식을 생각했다. 상대는 별생각 없이 한
말에 너무 많은 의미를 부여하는 것은 아닐까.
평소에도 너는 타인의 말과 행동을 지나치게

곱씹는 편이고, 그런 이유로 사람과의 만남을
되도록 피했다. 너는 너무나도 네 편에서
생각했기에 진정한 네 편이 되지 못했다.
타인의 말과 행동에 숨은 뜻을 찾으려다 결국
네 문제를 찾아냈다. 컨베이어 벨트에 실려
나온 트렁크를 바닥으로 내려놓으며 너는
너와 그 사이에 미세한 금이 생겼음을 느꼈다.
거절했다면 듣지 않았을 말을 들어서, 그것에
네가 의미를 부여해서, 불쾌감에서 마침내 네
탓을 찾아냈으므로, 결국 거절하지 않아서
금이 간 것이다. 너는 지긋지긋하다는 말을
반복하다가 충동적으로 핸드폰을 꺼내 문장을
적어 너에게 메시지를 보냈다.

　　이런 내 마음을 부디 아무도 모르기를
바랄 뿐.

∞

　공동 현관 앞에 선 너는 호스트에게
전화한다. 호스트는 너를 최유진이 아닌
오세정이라고 부른다. 오세정은 그의 이름.
너는 그것을 정정하지 않는다. 호스트는
숙박 일정을 확인한 뒤 자세한 안내는 문자
메시지로 대신하겠다고 말한다. 전화를
끊자마자 장문의 메시지가 도착한다. 도어록
비밀번호, 숙소 사용 중 지켜야 할 사항,
숙소에 마련된 생활용품의 구체적 개수와
상태, 보일러와 가전제품의 사용 방법과
유의 사항, 인근의 식당과 마트 안내, 숙소를
지나가는 버스 노선과 관광지 정보 등이 적혀
있다.

　공동 현관을 지나자 계단이 나타난다.
네가 배정받은 방은 303호. 엘리베이터는

없다. 트렁크에는 두 달이란 시간을 염두에 두고 꾸린 짐이 들어 있다. 웬만한 것은 사서 쓸 작정으로 최대한 짐을 줄였으나 겨울옷이 두꺼운 탓인지 28인치 트렁크가 가득 찼다. 너는 두 손으로 트렁크를 들고 한 걸음 한 걸음, 계단을 힘겹게 오른다. 2층에 닿자 이마에 땀이 맺힌다. 303호 앞에 섰을 때는 손이 맥없이 떨린다. 깊게 숨을 몰아쉬며 외투 주머니에서 핸드폰을 꺼내다가 바닥에 떨어트린다. 핸드폰을 줍기 위해 허리를 굽히자 절로 신음 소리가 새어 나온다. 깊은 외로움이 발끝에서부터 올라온다. 너는 지긋지긋하다고 중얼거린다. 너는 이번 여행에서 시험하고 싶은 것이 있다. '나는 과연 숨을 수 있는 사람인가' '얼마나 철저하게 숨을 수 있을까' 너는 그것을 알아보려고 이곳에 왔다. 그러므로 이 여행은

억지가 아니라고, 마음을 다잡자고 생각한다.

메시지에 적힌 도어록 비밀번호를
누른다. 현관문을 연다. 사진으로 본 것과
똑같은 방이 시야에 들어온다. 발코니 창
너머 푸른 바다와 탁 트인 하늘을 보자마자
방금까지 너를 사로잡았던 부정적인 감정은
증발해버린다. 짐을 들고 올라오기까지는
힘들었지만 꼭대기 층의 이점은 명확하다.
당장 다가가지 않으면 풍경이 사라져버릴
것처럼 너는 다급하게 신발을 벗고 발코니를
향해 걸어간다. 검은 돌과 하얀 파도. 빠르게
흘러가는 구름과 비상하는 새. 창을 연다.
태양과 수평선의 거리는 한 뼘 정도. 바다의
일몰을 바라볼 수 있는 방이다. 비행기를
타기 전부터 너를 지치게 한 복잡한 감정,
피해의식, 타인에 대한 의구심, 이별의
두려움 등은 눈앞에 펼쳐진 풍경 속에서

순식간에 아무것도 아닌 것이 된다. 창을
열어놓은 채 차가운 바닷바람을 맞던 너는
갑자기 노래를 흥얼거린다. 믿음에 관한
그 노래다. 가사를 천천히 음미하던 너는
자기에게 말을 걸 듯 중얼거린다. 생각해보니
이 노래, 너무 이기적이잖아. ……하긴,
어떤 믿음에는 이기적인 구석이 있지. 너는
믿음에 깃든 이기심을 되새긴다. 당신이
반드시 돌아오리라는 믿음은 오직 나를 위한
마음. 당신을 끝까지 믿는다는 말은 나를
절대 배반하지 말라는 요구. 그러므로 믿는
마음에는 이기심보다 큰 외로움이 숨어
있다. 먼저 떠나지 못한 사람이 멀어지는
뒷모습을 바라보며 홀로 되삼키는 울음이
있다. 너는 남겨지는 사람이 되지 않으려고
이곳까지 왔다. 믿지 않으려고 훌쩍 떠났다.
'좋겠다, 난 네가 정말 부럽다'는 친구의 말이

다시금 떠오른다. 좋다, 부러워할 만하다고 생각하면서 너는 미소 짓는다. 발코니로 나가 창을 닫고 외투 주머니에서 담배를 꺼낸다. 바람이 거세 라이터의 불이 제대로 올라오지 않는다. 몇 차례 시도 끝에 담배에 불을 붙인다. 발코니에 선 채 바다를 바라보며 담배를 태우던 너는 문득 '숨다'의 사전적 정의가 궁금해 핸드폰을 꺼내 검색한다. '보이지 않게 몸을 감추다' 다음 문장은 네 예상에 없던 것. 그 문장이 마음에 들어 메시지에 써서 네 번호로 보낸다.

겉으로 드러나지 아니하다. 또는 잠재되어 있다.

너는 조용히 다짐한다. 이제부터 잠재되어 있는 나를 끄집어낼 것이다. 시험해볼 것이다.

철저하게 숨는 방법으로 보여줄 것이다. 너는
방으로 들어가 내부를 천천히 둘러본다.
집을 구하러 다닐 때처럼 싱크대와 세면대의
수도꼭지를 올려 수압을 체크한다. 스위치를
하나하나 켜보면서 전등 위치와 전구 색을
확인한다. 싱크대와 수납장의 서랍을
모두 열어본다. 벽지와 바닥, 가전제품의
스크래치를 발견하면 네가 손상시키지
않았다는 증거를 남기기 위해 사진을 찍는다.

핸드폰이 울린다.

너는 받지 않는다.

돌을 하나 쌓는다.

트렁크를 열어 짐을 풀던 너는
갑작스러운 갈증과 허기를 느낀다. 아침
9시에 커피와 토스트를 먹고 지금까지
아무것도 먹지 않았다. 너에게는 생수 한
병조차 없다. 급한 대로 싱크대의 수돗물을

조금 받아 마신다. 입가에 묻은 물기를 닦으며
다시금 방을 천천히 둘러본다. 욕실에 샤워
용품은 없고 두루마리 휴지는 하나뿐이다.
주방 세제와 수세미는 있지만 행주는 없다.
싱크대의 수납장에는 소금, 간장, 식용유,
후추가 있고 침대 옆 탁자에는 크리넥스 한
통이 있다. 냉장고는 비었다. 당장 사야 할
것들이 순서 없이 떠오른다. 따뜻한 커피도
한잔 마시고 싶다. 핸드폰과 지갑을 챙겨서
집을 나선다.

∞

거센 바람이 분다. 버스에서 내려
숙소까지 걸어올 때와는 전혀 다른 바람이다.
앞으로 나아가기 어려울 지경이다. 머리칼이
흩날려 시야를 가린다. 바람 소리 때문에 혼이

나갈 것만 같다. 단추를 모두 여몄지만 틈새로 바람이 들어와 외투가 펄럭인다. 너는 목에 두르고 있던 머플러를 풀어 히잡처럼 머리에 뒤집어쓴 다음 목을 감싼다.

바람에 맞서 천천히 걷는다.

골목을 벗어나자 더욱 강하고 방향을 종잡을 수 없는 바람이 분다. 하늘의 새도 날개를 펼친 채 바람에 실려 간다. 양동이에 바람을 가득 담아 너를 향해 쏟아붓는 것처럼 무게와 질감이 느껴진다. 바다 쪽에서 먹구름이 순식간에 몰려온다. 너는 핸드폰을 꺼내 근처 마트를 검색한다. 가장 가까운 마트는 걸어서 10분 거리, 편의점은 3분 거리라는 표시가 뜬다. 커피를 먼저 마시자는 생각으로 주변을 둘러본다. 길 건너에 작은 카페가 있지만 내부의 불이 꺼져 있다. 핸드폰으로 가까운 카페를

검색한다. 지도를 가득 채우는 빨간색
위치 정보. 손가락으로 지도를 확대하던
너는 느닷없는 무력감에 사로잡힌다. 너를
휘감고 흔들고 휘청거리게 하는 거센 바람
속에서, 아는 사람이 한 명도 없는 커다란
섬에서, 이 낯선 거리 한가운데에서 네가
믿고 의지할 것은 핸드폰뿐이다. 아니,
핸드폰으로 접속하는 인터넷 정보뿐이다.
따뜻한 커피 한잔을 마시고 싶을 뿐이다.
그조차 인터넷을 사용하지 않고는 불가능하단
말인가? 너는 핸드폰을 외투 주머니에 넣고
주위를 둘러보다가 건물이 많은 방향으로
걷는다. 가로수의 줄기와 잎은 이리저리
휘청거리고 비닐과 플라스틱 쓰레기가 거리를
나뒹군다. 마주 오는 사람들은 자기 몸을
껴안듯 팔짱을 끼거나 두 손으로 귀를 막고
너를 지나쳐 간다. 노을을 볼 수 있으리란

네 예상을 비웃듯 점점 불어나던 먹구름은
어느새 태양을 삼켜버렸다. 건물을 휘감고
도는 바람 때문에 곳곳에서 관악기 소리가
들리는 듯하다. 나무와 전신주에서는 현악기
소리, 물건에서는 타악기 소리가 흘러나온다.
바람이 지휘하는 거대한 오케스트라.
헤엄치듯 두 팔을 휘저으며 너는 앞으로
나아간다.

　　문을 연 카페를 마침내 찾아낸 너.
오래된 집을 리모델링한 아담한 카페의
문을 열고 들어간다. 내부의 훈훈한 공기가
너를 환대하는 것만 같다. 너는 약간 멍한
상태로 따뜻한 핸드드립 커피와 크루아상을
주문한다. 창가 테이블에 앉아 머리를 감쌌던
머플러를 풀면서 카페를 둘러본다. 손님은
너뿐이다.

커피와 크루아상을 담은 트레이가 네 앞에 놓인다.

창 너머 돌담을 바라보며 천천히 커피를 마신다. 검은색 돌과 돌 사이 틈으로 동백나무 푸른 잎이 보인다. 바람이 많은 곳의 돌담에는 저렇듯 바람이 드나드는 통로가 있어야 한다고, 그래야 담이 무너지지 않는다는 말을 들은 적이 있는데⋯⋯. 누가 한 말일까. 네 주변에 제주가 고향인 사람은 없고, 제주 아닌 곳에서는 현무암 돌담을 마주할 일이 거의 없고, 20대 때 제주에 함께 왔던 애인이 그런 말을 했을 리는 없으니, 너는 골똘히 되묻는다. 나에게 바람의 통로를 알려준 사람은 누구일까. 나는 어째서 그 말을 기억하고 있을까. 너는 네 나이를 생각하며 새삼스러운 경이감에 빠진다. 핸드폰을 꺼내 계산기를 켜서 35와 365를 곱한다. 네가

기억하는 장면들을 모아 시간으로 바꾼다면
열흘도 채우지 못할 것이다. 기억하는 날보다
기억하지 못하는 날이 압도적으로 많다.
잠시나마 말을 나눠본 사이까지 헤아린다면
만났으나 기억하지 못하는 사람이 훨씬 많을
것이다. 네가 잊은 것들을 모조리 되살려
이어 붙인다면, 망각을 복원한다면, 그렇다면
타인을 사랑하듯 자신을 사랑할 수 있을까?
너는 네가 망각한 것들을 그리워한다. 망각은
돌에 가까운가 돌과 돌 사이 바람 통로에
가까운가. 망각과 기억 중 무엇에 기대어
아직 무너지지 않고 살아가는 것일까. 아니,
이미 어느 정도 허물어졌는지도 모른다.
완전히 와르르 무너지지 않았을 뿐 어쩌면
귀퉁이부터 조금씩…….

　　핸드폰이 울린다.

　　너는 받지 않는다.

돌을 하나 쌓는다.

핸드폰 메모장에 사야 할 물건을
적으려던 너는 우선 메시지 창을 연다. 상념이
증발하기 전에 문장으로 적어 너에게 보낸다.

그러나 선택할 수 없다. 내게 남는 것이다.

∞

너는 마트에 들어가서 배달이 되는지
먼저 문의한다. 배달이 안 된다면 숙소까지
들고 갈 수 있을 만큼만 사야 한다. 배달이
가능하다는 답을 듣고, 마트를 한 바퀴
돌면서 생필품과 식자재를 카트에 담는다.
마트를 나온 너는 다시금 극심한 허기를
느낀다. 어디든 들어가서 무엇이라도 먹고
싶다. 근처에 식당이 여럿 있지만 대부분

영업을 종료했다. 문을 연 곳은 혼자 식사하기 부담스러운 횟집이나 고깃집, 2인 이상 주문 가능한 한 상 차림 식당이다. 적당한 곳을 찾아 골목 깊숙이 걸어간 너는 위스키 바 앞에 멈춘다. 문을 열고 들어간다. 홀 중앙의 바 테이블에 서너 명의 손님이 앉아 있다. 너는 가장 구석진 자리에 앉아 오일 파스타와 레드 와인 한 잔을 주문한다. 바 건너편에 선 주인이 깨끗한 잔에 와인을 따르며 묻는다.

혼자 식사할 곳이 마땅치 않죠?

너무 깍듯하지도, 예의에 어긋나지도 않는 그의 화법에 네 마음은 편해진다. 너는 미소로 답하고 와인을 한 모금 마신다. 주인이 파스타를 만드는 사이 너는 와인 한 잔을 모두 비운다.

핸드폰이 울린다.

액정이 보이지 않도록 뒤집어놓는다.

돌을 쌓는다.

주인은 네 앞에 파스타가 담긴 접시를
내려놓고, 너는 와인 한 잔을 더 청한다.
와인을 따르며 주인이 묻는다.

여행 오셨어요?

너는 즉흥적으로 대답한다.

아뇨, 누굴 좀 만나러 왔어요.

사실과는 다른 말을 내뱉고 너는 너의
느닷없는 대답에 흥미를 느낀다. 거짓말을
이어가고 싶어서 주인이 묻지 않은 내용까지
덧붙인다.

오랫동안 찾던 사람인데, 최근에 이
근처에서 그 사람을 우연히 만났다는 소식을
들어서요.

주인이 웃으며 묻는다.

그러니까, 나쁜 일은 아닌 거죠?

너는 모호한 미소를 지으며 대답한다.

글쎄요, 일단 만나서 이야기를 나눠봐야 알 것 같아요.

파스타를 먹으며 너는 거짓말을 곱씹는다. 여행 왔다고 대답했다면 어긋난다고 느꼈을 것이다. 쉬엄쉬엄 일하러 왔다는 대답에도 미흡함이 있다. 정말 있는 그대로, 친구가 숙소를 예약하고 오지 못하는 상황이어서 대신 왔다고 말했다면? 그것이야말로 본질에서 가장 먼, 아무 의지도 의미도 품지 않은, 하지 않는 것만 못한 대답이다. 사실을 말하면 공허함만 남을 상황에서 누구에게도 피해를 주지 않는 거짓말을 했다. 의도치 않았던 거짓말에서 모종의 힌트를 얻은 너는 죄책감이 아닌 자유로움을 느끼며 와인 한 잔을 더 청한다. 재즈 음악은 정겹고 오일 파스타는 담백하고 아담한 공간의 낯선 사람들은 매너가 좋고, 너는 네가 누구인지 모른다.

숙소로 돌아가는 길, 거센 바람에 취기를
식히면서 너는 중얼거린다.

내가 나로 살지 않아도 되는 두 달.

바람에 목소리가 묻히는 것만 같아서
너는 조금 더 큰 소리로 말한다.

내가 나에게서 벗어날 수 있는 두 달.

숙소의 공동 현관을 열며 다짐하듯
말한다.

내가 나를 선택할 수 있는 두 달.

마트에서 구입한 물품들이 커다란 봉투
네 개에 담긴 채 현관문 앞에 놓여 있다.
너는 그것들을 안으로 옮긴 다음 냉장고에
보관해야 하는 것부터 꺼내어 정리하다가
발코니를 바라본다. 검은 창에 비치는 방의

내부. 낮과 밤은 확연히 다르다. 밤은 내부를 보여준다. 너는 천천히 창으로 다가간다. 먼바다로 나간 어선의 집어등이 가로등처럼 늘어서 있다. 너는 발코니에 서서 수평선을 바라본다. 밤의 하늘과 바다는 경계가 모호하고, 너는 거짓말의 자유를 생각한다. 이 섬에 너를 아는 사람은 없다. 네가 거짓을 말해도 거짓이라는 사실을 아는 사람은 없다. 너는 이 섬에서 최유진이 아닐 수 있다. 누군가 이름을 물어본다면 '오로라'라고 대답할 것이다. 오로라는 한때 네가 무척 갖고 싶었던 이름.

한 손에 담배를 들고 너는 연기하듯 말한다.

안녕하세요, 제 이름은 오로라입니다.

다시금 느껴지는 자유. 너는 이 섬에서 너를 시험하고 싶었다. 깊이 숨는 방법으로

끄집어내고 싶었다. 그 문제를 풀 방법을
찾았다. 너는 방으로 들어가 극을 끝내듯
커튼을 닫는다. 침대에 몸을 기대고 앉아 방을
둘러본다. 트렁크의 짐은 풀지 않은 그대로,
마트에서 산 물건도 식탁 아래 그대로. 우선
따뜻한 물에 씻자는 생각을 하면서도 너는
눈을 감는다.

∞

눈을 뜬다. 핸드폰을 켜서 시간을
확인한다. 07:27. 너는 씻지 않은 채로 외투를
덮고 바닥에서 잠들었다. 집에서는 절대 하지
않을 일이다. 너에게 익숙한, 오직 너만이
차지할 수 있는, 네 허락 없이는 누구도
들어올 수 없는 집에서 너는 규칙을 지키며
살았다. 누구도 강제하지 않는, 너만이 알고

있는 규칙을 어길 때마다 너는 너를 마음껏 비난했다. 물건을 제자리에 두지 않거나, 씻지 않고 침대에 눕거나, 식사 후 설거지를 바로 하지 않거나, 성에가 끼도록 냉동실 청소를 하지 않거나, 재활용 쓰레기를 제때 버리지 않거나, 창틀의 검은 먼지를 방치하거나……. 비난할 수 있는 일은 무수했다. 하지만 오로라는 규칙에 연연하지 않는다. 오로라는 자유롭다. 오로라는 술에 취하면 이를 닦지 않고 잘 수 있다. 마트에서 산 물건을 바로 정리하지 않을 수 있다. 오로라는 외투를 옷장의 옷걸이가 아니라 의자에 걸어둔다. 봉투에서 생수를 꺼내 병째로 마신다. 샤워 후 젖은 머리카락을 드라이어로 즉시 말리지 않고 젖은 채로 둔다. 머리카락이 바닥에 떨어져도 신경 쓰지 않는다. 너는 집에서는 하지 않을 일들을 하며 혼자 웃는다. 바닥에

널려 있는 짐을 구석으로 대충 밀어둔 뒤 커튼을 연다. 태양빛을 확인하고 돌아서던 너는 잠시 멈칫한다. 방금…… 뭐였지? 너는 분명 무엇을 봤다. 불길한 느낌에 돌아서기가 두렵다. 그러나 모르는 척할 수 없다. 이 집에는 너뿐이다. 네가 확인해야 한다. 너는 발코니를 향해 천천히 돌아선다. 얼어붙은 사람처럼 미동도 없이 그것을 바라본다.

죽은 새.

새의 몸은 뻣뻣하다. 새의 눈은 감겨 있다.

거기 죽음이 있다. 죽음을 응시한다.

다가가기 두렵다. 아직 따뜻할까 봐 겁이 난다.

너는 죽은 새를 어떤 상징이나 비유처럼 받아들인다. 이곳에서 보낼 날들의 불길한 전조, 지난밤 취한 채 잠든 네가 저질렀을지도 모를 어떤 잘못, 잠시 다른 존재로 살겠다는 다짐에 대한 응분의 대가……. 갑자기 지난 과오가 용암처럼 솟구친다. 누군가에게 상처를 줬다. 외면했다. 귀찮아했다. 거만하게 굴었다. 가장 큰 잘못은 네 잘못은 없다고 생각했던 것. 순전히 상대의 잘못만을 따져 물었다. 네 잘못을 인정하는 순간 취약해지니까. 상대는 자기 잘못을 인정하지 않으니까. 오직 네 사과만을 요구하니까. 결국 너만 잘못한 사람이 되니까. 하지만 어떻게 그럴 수가 있는가?

핸드폰이 울린다.

벨소리를 외면한다.

돌을 하나 쌓는다.

전화가 끊기길 기다렸다가 핸드폰을 든다. 통화 목록으로 들어가 호스트의 번호를 누른다. 너를 오세정이라고 알고 있는 사람이 전화를 받는다. 발코니에 새가 죽어 있다고 너는 말한다.

아, 뭐라고요? 새가 죽어요?

네. 검은 새가 죽어 있어요.

아, 그럼 그걸 치워야 할 텐데.

원래 새가 많이 죽나요?

네?

원래 여기서 새가 이렇게 죽어요?

당황한 호스트는 잠시 말을 잇지
못하다가 더듬거리며 대답한다.

그게…… 원래…… 죽는 곳이 있겠습니까?

호스트는 너에게 직접 치울 수
있겠느냐고 묻는다. 너는 대답하지 않는다.
그럼 근처에 상주하는 관리인을 보내겠다는
말을 끝으로 호스트는 전화를 끊는다. 너는
창밖의 죽은 새를 바라보며 왜 죽었을까
생각한다. 다쳤을까? 굶주렸을까? 늙어 죽을
때가 되었나? 서울에서도 죽은 새를 종종

봤다. 그것은 낙엽이나 돌처럼 강변에, 길가에,
풀숲에 덩그러니 있었다. 너는 그것을 피해
걸었다. 왜 죽었을까 생각해본 적은 없었다.
그러던 어느 날 너는 봤다. 아버지처럼 보이는
어른이 죽은 새를 두 손으로 조심스럽게
들어서 아들처럼 보이는 아이에게 자세히
보여주는 장면을. 뒤늦게 너는 그들의 대화를
상상한다.

아버지가 먼저 물었을 수도 있다.

묻어줄까?

아들이 먼저 말했을 수도 있다.

묻어주고 싶어.

초인종이 울린다. 새가 지저귀는
인공적인 소리. 깜짝 놀란 너는 날아오르는
새처럼 두 팔을 퍼덕인다. 문밖에서 묻는다.
계십니까. 관리인입니다. 너는 문을 열어준다.
관리인은 문턱을 넘기 전에 고개를 숙이며

말한다. 실례하겠습니다. 그는 신발을 벗고
곧장 발코니로 향한다. 죽은 새를 바라보며
목장갑을 착용한다. 쓰레기봉투를 펼친다.
창을 열고 두 손으로 죽은 새를 감싸듯 들어서
쓰레기봉투에 넣는다. 너는 당황하여 묻는다.

그렇게 버리는 건가요?

동물 사체는 생활 폐기물이어서요.

그럼 그건 어떻게 되나요?

다른 쓰레기와 같이 매립하거나
불태우겠죠.

관리인은 실례했습니다, 라는 말을 남기고
떠난다. 죽은 새가 있던 자리를 바라보며
너는 낭패감에 사로잡힌다. 폐기물이 되기
전에 죽은 새로 보존할 수 있었는데…… 어제
거리에서 봤던 새를 떠올린다. 날개를 펼친
채 날갯짓 없이 바람을 따라 떠다니던 새들.
바닷속 물고기처럼 보이던 새들. 죽으면

폐기물이 되는 존재들. 너는 후회하고 싶지 않다. 자책감에 사로잡혀 살고 싶지 않다. 더는 그런 삶을 원치 않는다. 해결할 수 있는 일이라면 해결하고 싶다. 최유진은 할 수 없는 일을 오로라는 할 수 있다.

아들은 말했을 것이다.

묻어주고 싶어.

아빠는 대답했을 것이다.

우리가 묻어주자.

문을 열고 서둘러 계단을 내려간다. 공동 현관을 나서자 관리인의 뒷모습이 보인다. 너는 그를 부른다.

주세요. 제가 묻을게요.

관리인이 복잡한 표정으로 너를 바라본다. 비난하는 것도 같고, 귀찮아하는 것도 같고, 뭘 모르는 사람이네…… 생각하는 것도 같다. 너는 변명한다.

아까는 놀라서 전화부터 했는데, 그렇게 버릴 수는 없을 것 같아요.

관리인은 옅은 한숨을 쉰 뒤 말한다.

무슨 마음인지 아는데……. 근데 그게 불법이에요.

네?

동물 사체를 아무 데나 묻는 거 불법이라고요.

너는 그의 말을 곱씹는다. 죽은 동물을 쓰레기봉투에 버리면 합법이고 묻어주면 불법이다. 네가 상상한 아버지와 아들의 대화는 불법이다. 불법은 법에 어긋나는 것. 너는 딱 들어맞을 때보다 어긋날 때가 많았다. 너는 관리인의 눈을 피하지 않고 말한다.

선생님만 모른 척해주시면…… 제가 몰래 묻겠습니다.

관리인의 눈동자는 밝다. 호박색이다.

관리인 또한 네 눈을 피하지 않는다. 바람이 불고, 머리칼이 흩날려 네 눈을 가린다. 침묵 끝에 관리인이 말한다.

그럼 같이 하죠. 제가 적당한 곳을 알아요.

공범이 되겠다는 그의 말이 반갑다. 돌이킬 수 없도록 너는 서두른다.

잠시만 기다려주세요. 외투만 걸치고 나올게요.

아니, 아니요.

관리인이 당황하여 손을 내젓는다.

지금은 제가 하던 일이 있어서. 그리고 이런 일은 어두울 때 하는 게 좋아요.

그의 말을 충분히 알아들었다는 표시를 내려고 너는 일부러 고개를 크게 끄덕인다. 그래, 불법은 사람들 없는 어두울 때……. 그가 목소리를 낮춰 묻는다.

요즘은 6시 전에 해가 지니까, 오늘 저녁

6시 30분 어때요?

너는 좋다고 대답한다. 여기서 다시
만나자는 말을 남기고 그는 돌아선다. 숙소로
돌아온 너는 핸드폰으로 시간을 확인한다.
08:35. 서울에서라면 잠에서 깨지 않았을
시간. 죽은 새가 있던 자리를 골똘히 바라보며
너는 그와의 약속을 되새긴다. 너는 그의
이름도 나이도 모른다. 호박색 눈동자와
목소리를 안다. 너보다 한 뼘 정도 큰 키와
뒷모습을 안다. 너는 그와 오늘 밤 불법을
저지를 것이다. 그것은 두 사람만의 비밀로
남을 것이다. 너는 불법을 안다. 너는 비밀에
지쳤다. 그것이 너무 지긋지긋해서, 너를
갉아먹고 흩트리고 하찮게 만드는 것만
같아서 그만두려고, 너에게 무엇도 요구할 수
없도록 완벽하게 숨어버리려고 이곳에 왔다.
지난밤 너는 연극을 했다. 연극하듯 살면

숨을 수 있을 것 같았다. 그러나 서울에서의 삶은 연극이 아니었던가? 너는 때로 연기하듯 거짓말하고 감추고 기만했다. 몰랐다는 말은 소용없다. 알게 된 다음에도 그만두지 않았으므로. 멈추려는 시도로는 부족하다. 분명하게 멈추어야 했다. 그것만이 네 결백을 증명할 수 있지만, 결백이 무슨 소용인가? 이미 사랑해버린 것을.

너는 방바닥에 누워 발코니를 바라본다. 잠든 너와 죽은 새의 눈높이는 비슷했을 것이다. 어딘가에서, 밤마다 새가 죽는다. 사람이 죽는다. 이별한다. 운다. 사랑한다고 말한다. 믿음 없는 사랑은 가능하다. 사랑 없는 믿음은 비참하다. 사랑이 제일이란 말을 수긍할 수밖에 없다. 너는 핸드폰을 꺼내 문장을 적어 너에게 보낸다.

연극은 끝났다.

객석은 텅 비었다.

배우의 잘못을 아무도 모른다.

∞

너는 밥을 지어 달걀 볶음밥을 만들어
먹는다. 방을 청소한다. 카페에 가서 텀블러
가득 진한 커피를 받아 온다. 식탁에 랩톱
컴퓨터를 올려두고 일을 시작한다. 죽은 새가
있던 자리를 내내 의식한다.

전화를 받지 않는다.

문자 메시지에도 답하지 않는다.

돌을 계속 쌓는다.

너는 식빵에 달걀 물을 입혀 토스트를
만들어 먹는다. 일은 잘되지 않고, 근처를
산책해볼까, 바닷가에 나가볼까 생각하면서

방을 떠나지 않는다. 두 개의 시곗바늘이 숫자 6에서 만나기를 기다린다.

바다에 노을빛이 차오른다. 너는 준비한다. 트레이닝복 위에 외투를 입는다. 머플러로 목을 감싼다. 죽은 새를 감쌀 것을 찾다가 마트에서 산 행주를 챙긴다. 삽은 관리인에게 있을까? 운동화를 신고 집을 나선다. 공동 현관 앞에서 그를 기다린다. 거센 바람과 바닷물을 머금은 습기 때문에 서울보다 춥다고 너는 느낀다. 땅이 얼었으면 어쩌지? 골목의 흙바닥을 발끝으로 두드려본다. 승용차가 너를 지나쳐 간다. 트럭이 지나쳐 간다. 동네 주민으로 보이는 할머니가 지나쳐 간다. 어딘가에서 고양이 소리가 들린다. 외국인이 너를 지나쳐 간다. 젊은 여자 두 명이 트렁크를 끌고 지나쳐 간다. 스쿠터가 네 앞에 멈춘다. 그는 너에게 헬멧을 건네며 말한다. 걸어가기엔 멀어요. 날씨도 춥고. 스쿠터를 타고 달리면 더 춥지 않을까 생각하며 너는 헬멧을 쓰고 뒷자리에 앉는다. 그의 허리를 잡기는 어색해서 네가 앉은 자리의 지지대를 잡는다. 그가 말한다.

손이 시릴 거예요. 오해하지 않을 테니까 내 점퍼 주머니에 손을 넣고 나를 잡아요. 그게 더 안전합니다.

너는 그가 말하는 대로 한다. 스쿠터가 출발한다. 대로에 들어선다. 거센 바람을 피해 고개를 숙인 채로 너는 '오해하지 않겠다'는 말을 생각한다. 10여 분쯤 달렸을까. 대로를 벗어나 흙길로 들어선다. 야산으로 갈 줄 알았는데, 평평한 벌판 어디쯤에 스쿠터는 멈춘다. 그는 자기 헬멧에 장착한 헤드 랜턴을 밝힌 뒤 크로스백에서 작은 플래시를 꺼내 너에게 준다. 너는 그것을 받아 불을 밝힌다.

스쿠터 좌석 뚜껑을 열어 종이 상자를 꺼내 들고 그는 앞장선다. 너는 그를 따라 벌판을 가로지른다.

벌판 끝 모퉁이에 낮은 담처럼 동백나무가 줄지어 있다. 그 앞에 멈춘 그가 크로스백에서 목장갑을 꺼내 너에게 건넨다. 이어 모종삽을 꺼낸다. 그와 너는 해변에서 모래 놀이를 하는 아이들처럼 쪼그려 앉는다. 네가 땅을 비추고 그는 판다. 굵은 돌이 나오면 너는 그것을 집어서 멀리 던진다. 너는 말한다. 이제 제가 할게요. 그는 너에게 삽을 건넨다. 네가 땅을 파고 그는 비춘다. 돌을 빼내고 시든 뿌리를 제거한다. 마침내 적당한 깊이의 구덩이가 생긴다. 그는 종이 상자의 뚜껑을 열어서 너에게 보여준다. 하얀 천으로 감싸인 그것. 그는 천을 조금 들춘다. 죽은 새의 굳은 몸이 얼핏 드러난다. 너는 그의 눈을 바라본다. 멈추지 않는 바람. 새를 묻고 흙을 덮는다. 손으로 흙을 다진다. 너와 그는 신음 소리를 내며 일어선다. 다리가 저려 가볍게 스트레칭한다. 어두운 벌판을 둘러보던 너는 근처에 가로등 하나 없음을 알아채고, 충동적으로 플래시를 끈다. 어떤 마음인지 알 수 없는 그도 너를 따라 헤드랜턴을 끈다.

완벽한 어둠.

겨울바람 소리.

어둠의 내부에 있는 것만 같다.

흔들리며 안겨 있는 것만 같다.

죽은 새가 되어 땅에 묻힌 것만 같다.

새뿐이겠는가. 숱한 죽음이 묻혔을 것이다. 땅속뿐이겠는가. 우주 또한 생명 없음으로 가득하다. 아래위 무한한 죽음 사이에 실오라기 같은 대기권이 있고, 생명이 있고, 거센 바람이 분다. 너는 휘청거린다.

그가 너의 팔을 잡는다. 너는 주저앉는다.

그는 손을 내민다. 너는 그의 손을 잡고

일어선다. 랜턴을 밝히려는 그에게 말한다.

불을 켜지 않으면 좋겠어요.

그는 네 말을 따른다.

흑백영화 같은 어둠 속을 걷는다.

그가 앞서고 너는 따른다.

손을 놓지 않고 가로지른다.

∞

내부가 비치는 창을 바라보며 의자에

앉은 너. 어둠이 그리워 내부의 불을 끈다.

검은 바다와 검은 하늘. 먼바다의 집어등이

가로등처럼 즐비하다. 네 실루엣이 검은 창에

비친다. 마치 어긋나게 겹쳐진 두 사람처럼

보인다. 너는 두 사람을 최유진과 오로라라고 생각한다. 연극을 시작한다.

사람을 찾으러 왔어요.

만났습니까?

그 사람 얼굴이 기억나지 않아요.

실패했군요.

속속들이 알고 싶진 않았어요. 보고 싶은 것만 보고, 아닌 것은 모른 척하고. 비밀이 필요했어요. 사람들이 내 모든 것을 안다는 거, 끔찍하잖아. 하지만 알고 보니 나라는 사람 자체가 비밀이었어. 당신은 누군가의 비밀이 되어본 적 있나요?

비밀은 묻어버려야지.

나는 죽지 않았습니다.

왜 전화를 받지 않습니까?

들키면 안 되니까.

들키면 어떻게 되나요?

사랑을 감출 수 없어요.

누구나 감추고 삽니다. 한 명쯤은. 아무도
모르게. 어둠 속에서. 홀로 사랑합니다. 그러니
당신도 묻어버려요. 마음에. 심장처럼. 그럼
들키지 않고 그는 당신이 됩니다.

죽어야 묻지.

묻어야 살아요.

새는 왜 죽었을까요.

땅이 그리웠나 봅니다.

너는 의자에서 일어나 발코니로 나간다.
난간에 기대선 채 담배에 불을 붙인다.
거짓말처럼 멈춘 바람. 잔잔한 파도.
여기가 어디인지, 어쩌다 이곳까지 왔는지,
낯선 이곳에서 무얼 하고 있는지, 모두
비현실적이라고 느낀다. 진짜 너는 서울에
있는 것만 같다. 익숙한 집에서 너만의 규칙을
고집스럽게 지키며, 너를 감시하고 비난하며,

지긋지긋하다고 속삭이며, 기다리고 포기하는 삶을 묵묵히 살아내고 있을 것만 같다. 너는 그 삶으로 돌아가지 않을 것이다. 이곳에 묻고 새로 시작할 것이다. 너는 연기하듯 중얼거린다.

안녕하세요, 저는 오로라입니다.

∞

너는 매일 아침 발코니를 확인한다. 마트에서 장을 본다. 마트에서 사용하는 네 이름은 선샤인303. 매일 들르는 카페 쿠폰에 적힌 네 이름은 9237. 아무도 네 이름을 묻지 않는다. 너는 너에게 말한다.

안녕하세요, 저는 오로라입니다.

너는 매일 방을 청소한다. 끼니를 거르지 않는다. 일을 미루지 않는다. 너는 오로라지만 의자가 아닌 옷걸이에 외투를 걸어둔다.

너는 꾸준히 전화를 받지 않는다. 메시지에
답장하지 않는다. 돌을 쌓는다. 제주에 온
지 보름이 넘어가도록 동네를 벗어나지
않는다. 유명한 관광지에 가지 않고, 네가
사는 동네에서 필요한 곳만 다닌다. 너는
갈치조림을, 몸국을, 고기국수를, 딱새우를,
회를 먹지 않는다. 너는 라면을, 간단한
재료로 만든 샌드위치를, 볶음밥을 먹는다.

그러는 사이 자연스럽게 알게 된 몇 가지.
선샤인빌의 3층만이 단기 또는 장기 숙소로
운영 중이며 1층과 2층은 월세나 전세
형식으로 임대 중이다. 301호와 302호에는
단기 여행 손님이 머무른다. 304호 손님은
1년 살기를 하고 있다. 305호에도 누군가
거주하는 것 같지만 마주친 적 없다.

호스트는 서울에 살고 있다. 너와 불법을

도모한 관리인은 근처 어딘가에 머무르며 건물 전체를 관리한다. 그는 매일 301호와 302호를 청소하고 손님을 안내한다. 장기 거주자의 문의나 요청에 응한다. 며칠 전 동네를 산책하고 돌아오던 길에 너는 우연히 그를 마주쳤다. 그날도 거센 바람이 불었고 헝클어진 머리칼은 네 얼굴을 가렸다. 너는 작은 목소리로 안녕하세요, 인사하며 그를 향해 고개를 숙였다. 그도 너처럼 인사를 건넨 다음 말했다. 이곳에서 겨울을 나려면 모자가 필요해요. 너는 그의 호박색 눈동자와 카키색 비니를 바라봤다. 새를 묻던 밤에도 그는 비니를 썼었다. 검은색이었던가. 코발트색이었나. 너는 그 밤의 검은 벌판을 매일 생각한다. 어둠을 그리워한다. 어둠 속에서 그저 따라가고 싶다. 믿음 없이, 소망 없이, 사랑 없이, 말없이, 바람을 느끼며.

새는 발코니에서 죽지 않고, 바다는
언제나 그곳에 있다.

너는 해 질 무렵마다 해변을 걷는다.
영화 〈쇼생크 탈출〉의 주인공이 밤새도록
갉아낸 흙과 돌을 낮에 산책하며 조금씩
흘리듯 너는 해변을 걸으며 너를 버린다.
지난밤 갉아낸, 조각낸, 떼어낸 최유진의
조각들. 긁어낸 공간만큼 텅 비어간다.
빈자리는 탈출구가 될 것인가. 그저 구멍으로
남을 것인가. 붉은 태양이 바다 가까이
다가간다. 하늘 가득 다채로운 빛깔의 노을이
펼쳐진다. 맞은편에서 걸어오던 커플이
너에게 묻는다. 사진을 부탁해도 될까요. 너는
그들에게 핸드폰을 받는다. 그들은 서로를
바라보며 다정하게 웃는다. 너는 무릎을 꿇고
사진을 찍는다. 그들에게서 멀찍이 떨어져서

사진을 찍는다. 하나, 둘, 셋, 소리치며
사진을 찍는다. 그들이 원하는 만큼 열심히
찍는다. 그들은 고개 숙여 고맙다 인사하고,
네 사진도 찍어주겠다고 말한다. 너는 잠시
망설이다 그들에게 핸드폰을 건넨다. 그들은
사진을 찍고, 핸드폰을 돌려주고, 멀어진다.
그들이 찍어준 사진을 보다가 깨닫는다. 너는
제주에서 사진을 찍지 않았다. 네가 훼손하지
않았다는 증거를 남기기 위해 벽지와 가구의
스크래치를 사진으로 남겼을 뿐, 바다도
하늘도 아름다운 노을도 그저 바라만 봤다. 네
핸드폰 사진첩에는 그의 사진이 없다. 함께
찍은 사진도 없다. 결혼했다는 사실을 알게
된 날 전부 지워버렸다. 너는 비밀이니까.
비밀은 흔적을 남기면 안 되니까. 왜 처음부터
솔직하게 말하지 않았느냐는 물음에 그는
대답했다. 두려웠으니까. 무엇이? 사랑도

이별도. 그 대답에는 아무 의미가 없다. 그는 거짓말한 적 없다. 진실을 말하지 않았을 뿐. 그러나 어떤 침묵은 거짓에 포함된다. 아주 많은 사랑은 거짓에서 시작한다.

너는 가벼워지고 싶어 중얼거린다.

안녕하세요, 저는 오로라입니다.

바람이 너의 목소리를 지운다. 너는 더욱 크게 말한다.

함부로 다정하게 굴지 마세요. 외로운 사람을 오해하게 두지 말아요. 내 눈을 빤히 바라보지 마. 사냥하듯 사랑하지 마. 잘못을 실수라고 말하지 마.

전화가 온다. 너는 받지 않는다. 문자 메시지 도착 알림음이 연이어 울린다. 너는 조금 전 사진을 찍어준 커플을 생각한다. 두 사람은 커플링을 끼고 같은 디자인의 롱패딩을 입고 있었다. 운동화 또한 같았다.

헤어진다면 그것들은 어떻게 되는가. 이별
후 어딘가에서 우연히 마주쳤을 때 상대가
여전히 같은 운동화를 신고 있다면, 추억은
비참하게 구겨질 것이다. 너는 핸드폰을 꺼내
문장을 적어 너에게 메시지를 보낸다.

　　배우는 홀로 커튼콜을 하고
　　공허하게 흩어지는 독백.
　　연극은 다시 시작된다.

∞

눈이 내린다.
멀리 보이는 한라산은 능선까지 하얗다.
거센 바람을 따라 옆으로 날리는 눈발.
오후 들어서며 조금씩 잦아들더니 저녁
가까워 다시 함박눈. 너는 외투와 머플러를

걸치고 집을 나선다. 속눈썹에 내려앉는
눈송이. 너는 목에 둘렀던 머플러를 풀어
머리를 감싸듯 두르다가 관리인의 말을
떠올린다. 천천히 골목을 벗어나 마트를 향해
걷는다. 마트 근처에 작은 소품 상점이 있다.
그곳에서 모자를 살 수 있을 것이다.

　　상점의 처마 밑에 서서 외투와 머플러에
쌓인 눈을 털어내던 너는 입간판 옆의 눈사람
두 개를 바라본다. 둘 다 귤 모양 뜨개 모자를
쓰고 있다. 나뭇가지를 꺾어 붙인 눈썹 모양
때문에 큰 눈사람은 웃고 있는 것만 같다.
나뭇가지를 꺾지 않고 일자로 붙인 작은
눈사람은 심술이 난 것 같다. 너는 주머니에서
핸드폰을 꺼내 눈사람을 찍는다. 스크래치가
난 가구 사진 옆에는 역광으로 찍힌 너의
사진. 그리고 두 개의 눈사람 사진.

　　상점 주인은 다정한 목소리로 너를

맞이한다. 털모자를 찾는다고 말하자 다양한
색상의 비니가 진열된 곳으로 너를 안내한다.
너는 선뜻 선택하지 못하고, 주인은 서너
개의 비니를 골라주며 착용을 권한다. 너는
거울 앞에 서서 비니를 쓴다. 이것도 한번
써보세요, 이것도요, 말하며 주인은 계속
권한다. 너는 짙은 남색과 카키색 비니를
선택한다. 계산 후 남색 비니를 쓰고 상점을
나서려던 너는 새 모양의 썬캐처 앞에서
걸음을 멈춘다. 날개는 파란색, 꼬리는 초록색,
몸통은 투명색. 그것을 충동적으로 구입한다.

　　길을 걸으며 너는 투명색과 눈사람이란
단어를 곱씹는다. 투명은 색이 아니다.
눈사람은 사람을 전혀 닮지 않았다. 순전한
믿음. 알면서도 묵인하는 거짓말. 아무도
그 진의를 따지지 않는다. 어릴 때 너는
천사와 요정이 진짜 존재한다고 믿었다.

무지개가 하늘에 놓인 다리라고, 그 위를
정말 걸을 수 있으리라고 믿었다. 어른이
되면 아이스크림을 매일 먹을 거라고, 하늘을
나는 자동차를 타리라고, 우주선을 타고 달에
가리라고 믿었다. 그 믿음은 전부 어떻게
되었나. 어른이 되면 가능하리라고 믿었던
것들 중 지금 네가 구현할 수 있는 것은……
아이스크림을 매일 먹는 것. 그러나 이제 너는
아이스크림을 좋아하지 않는다. 찬 음식을
먹으면 이가 시리고 속이 쓰리다. 시원한
맥주나 하이볼도 꺼린다. 위스키도 얼음 없이
스트레이트로 마신다. 너는 취한 사람처럼
비틀비틀 걸으며 노래 부르듯 중얼거린다.
속절없는 믿음. 속절없는 사랑. 속절없는
지난날. 너는 따뜻한 레드와인을 떠올린다.
눈송이는 점점 굵어지고 주위는 고요하다.
첫날 우연히 들렀던 위스키 바 앞에 어느새

너는 서 있다.

외투와 비니에 수북하게 쌓인 눈을
털어낸 뒤 문을 열고 들어간다. 서너 명의
손님이 너를 등진 채 앉아 있다. 너는 이전에
앉았던 구석 자리로 간다. 비니와 외투를
벗어 옆 의자에 올려둔다. 주인은 보이지
않는다. 너는 메뉴판을 눈으로 훑으며 주인이
나타나길 기다린다. 따뜻한 실내 공기에 몸이
녹는다. 허기가 차오른다. 재즈로 편곡한
캐럴 덕분에 크리스마스 시즌임을 깨닫는다.
주방에서 나온 주인은 너를 보고 친근하게
인사한다.

오셨어요?

너는 그때처럼 오일 파스타와 레드와인
한 잔을 주문하다가, 한 병을 달라고 다시
청한 뒤 메뉴판 가득 적힌 수십 개의 와인 중
중간 가격을 선택한다. 코르크를 따며 주인이

묻는다.

찾는 분은 만나셨어요?

주인은 너와 나눈 대화를 기억한다. 너는 놀란 표정으로 묻는다.

어떻게 기억하세요?

주인은 네 앞의 잔에 와인을 따르며 말한다.

방금 떠올랐어요.

너는 와인 잔을 검지와 중지 사이에 끼우고 천천히 돌리며 거짓말을 지어낸다.

……만나진 못했어요.

아, 그래요.

앞으로도 만날 수 없을 것 같아요.

그러니까, 나쁜 소식은 아닌 거죠?

글쎄요, 어떤 이야기는 느닷없는 죽음으로 끝나기도 하니까요.

너는 와인을 한 모금 마신다. 주인은

아이고, 저런, 혼잣말을 내뱉은 뒤 주방으로 들어간다. 너는 즉흥적으로 내뱉은 거짓말을 생각한다. 너는 이곳에서 누군가를 찾고 싶었다. 그리고 조금 전 그를 죽은 사람으로 만들어버렸다. 그는 누구인가. 대체 누구를 이 세상에 없는 사람으로 만들고 싶은 건가. 너에게 계속 연락하는 그? 전화도 받지 않고 답장도 하지 않는 너에게 그는 어째서 지속적으로 연락하는가. 너는 돌연 의문에 휩싸인다. 그래, 그 사람은 왜 자꾸 전화하지? 찾지 말라고 분명히 말했는데도 어째서 매일 나를 찾지? 이대로 끝낼 수 없어서? 끝내지 않으면 뭘 어쩌자는 말이지? 관계를 이어가자는 건가? 연극을 계속하자고? 불법인 데다 관객도 없는 망해버린 연극을? 너는 외투 주머니를 거칠게 뒤져서 핸드폰을 꺼낸다. 그에게 전화를 걸어 원하는 게 뭐냐고, 지금 나와 뭘 하자는 거냐고 물어보려다가…… 맥없이 핸드폰을 내려놓는다.

만약 그가 호소한다면. 자기 처지와 상황을. 힘든 마음을.

만약 그가 싸움을 건다면. 상처를 주고 마음을 다치고 실망하는 과정을 거쳐 진짜 이별을 하려는 거라면.

만약 그가 진심으로 사랑한다고 말한다면.

무엇을 원하든 소용없다. 달라질 것 없다. 그러나 그의 죽음을 상상하면 심장이 아프다. 그의 소식을 듣고 싶지 않지만, 그가 죽기를 바라진 않는다. 너는 너의 죽음을 상상한다. 심장이 아프진 않고 다만 슬프다. 너는 와인을 한 모금 마시며 죽은 새를 생각한다. 네 시신을 쓰레기봉투에 버리면 불법이다. 아무 곳에나 묻어도 불법이다. 네 시신을 합법적으로 처리해줄 사람은 누구인가……

주인은 네 앞에 파스타 접시를 내려놓고

그 옆에 작은 접시 하나를 더 놓는다. 구운

마시멜로 두 개로 만든 눈사람이 담겨 있다.

너는 고개를 들어 주인을 바라본다. 그가 미소

지으며 말한다.

　　눈 오는 날 서비스예요.

　　비어 있는 네 잔을 보고 주인은 와인을

따라준다. 너는 감사를 전한 뒤 파스타를

먹으며 생각한다. 이 사람은 친절하다.

다정하다. 그렇지만 나는 오해하지 않아.

만약 그가 다정하게 굴지 않았더라면

사랑하지 않았을까? 너는 천천히 고개를

젓는다. 인정할 수밖에 없다. 그를 처음 본

순간부터 너는 사랑할 준비를 하고 있었다.

그러나 그가 기혼임을 밝혔더라면 준비에서

멈췄을 것이다. 시작하지 않았을 것이다.

다시 솟구치는 원망. 어째서 사랑하도록
내버려두었나. 문이 열린다. 비니에 쌓인 눈을
털어내며 관리인이 들어온다. 주인이 그를
보며 반갑게 인사한다. 그는 주변을 둘러보지
않고 주인의 맞은편에 앉는다. 주인은 그에게
메뉴판을 건네지 않고, 따로 물어보지도 않고,
진열대에서 위스키 한 병을 꺼내 그 앞에
놓는다. 위스키 잔을 건네며 주인이 묻는다.
뭐 좀 만들어줄까? 그가 대답한다. 괜찮아, 밥
먹고 왔어. 그들의 말투와 행동에는 친밀감이
있다. 지난날 너와 그는 친밀한 대화를 수없이
나누었다. 뭐 좀 만들어줄까? 괜찮아, 배불러.
뭐 좀 먹을래? 응, 나 너무 배고파. 뭐 먹고
싶은 거 없어? 오랜만에 파스타 먹을까?
와인 좀 사 갈까? 응, 좋지. 그와 같은 대화는
연극이 아니었다. 진심이었다. 너는 눈물을
닦는다. 와인을 한 모금 마신다. 관리인과

눈이 마주친다. 그가 가벼운 목례를 건넨다.
주인이 그에게 묻는다.

아는 분?

그가 대답한다.

응, 우리 손님.

너는 그 밤의 어둠을 떠올린다. 그의
이름도 나이도 모르는 채로, 처음 만난
그를 의심 없이 따라나섰다. 그가 스쿠터에
타라고 했을 때도, 목적지를 모르고 도로
위를 달릴 때도, 사방이 깜깜한 허허벌판에
닿았을 때도 너는 두렵지 않았다. 어떻게
그럴 수 있었을까? 너는 그를 믿었던가?
아니, 믿는다는 생각조차 없었다. 죽은 새를
묻어야 한다는 목적뿐이었다. 그런데 정말
그뿐이었나? 새를 묻은 뒤 너와 그는 손을
잡고 걸었다. 불을 밝히지 않고 거센 바람에
맞서 벌판을 가로질렀다.

지내기에 불편한 건 없어요?

그가 묻는다. 너는 고개를 끄덕인 뒤 와인을 한 모금 마신다. 그도 위스키를 조금 마신다. 주인이 말한다.

이분, 누군가를 찾아서 이곳까지 오셨대. 그런데 만나지 못했대.

기다렸다는 듯 너는 그 말을 잇는다.

가장 친했던 친구예요. 하지만 사이가 좋지는 않았어요. 너무 가까워서 서로를 징그럽게 잘 알았거든요. 그러면…… 싫어지는 것도 있잖아요. 애증이라고 할까. 그런데 그 친구가 어느 날 감쪽같이 사라져버린 거예요. 제 애인과 함께.

그는 위스키 잔을 들고 너의 옆자리에 앉는다. 너는 그에게 묻는다. 제 이야기를 계속해도 될까요? 그는 고개를 끄덕인다.

연락이 닿지 않았을 때는 걱정했죠. 두

사람이 함께 떠난 걸 알았을 때는 당황했고. 믿고 싶지 않았죠. 엄청난 배신감과 증오심에 휩싸였어요. 무슨 말인지 아시죠?

그는 고개를 끄덕인다.

시간이 흘러도 그들은 돌아오지 않았고 저는 차차 현실을 받아들였어요. 잊고 싶었지만 그건 불가능했죠. 배신감은 사라지지 않았어요. 그리고 3년쯤 지나 우연히 소식을 들은 거예요. 제가 아는 사람이 이곳에서 로라를 봤다고 했어요. 아, 제 애인과 함께 사라진 친구 이름이에요. 오로라.

너는 와인을 한 모금 마신 뒤 잠시 말을 잇지 못한다. 그는 위스키 잔을 빙글 돌리며 혼잣말처럼 중얼거린다.

나라면 그 친구를 만나고 싶진 않을 것 같은데요.

그의 말이 또 다른 거짓말을 끌어 올린다.

확인하고 싶었어요. 함께 있는 두 사람을 확실하게 보면 사랑했던 기억에서 벗어날 수 있을 거라고 믿었죠. 완전한 이별을 원한 거예요.

그는 천천히 고개를 끄덕인다. 거짓말 속에서, 너는 마침내 찾았다. 지금까지 너를 괴롭혔던 감정의 실체를. 배신이 아니다. 사랑도 아니다. 이별의 아픔 또한 아니다. 이름도 얼굴도 모르는 사람에게 느끼는 강렬한 질투다. 그가 끈질기게 연락하면서 너에게 전하려는 말은 중요하지 않다. 그가 너를 어떻게 생각하는지 또한 궁금하지 않다. 누구를 더 사랑하느냐 따위는 듣고 싶지 않다. 어차피 어떤 말도 믿을 수 없다. 네가 보고 싶은 사람은 그의 법적 배우자. 그 실체를 확인하면 모든 혼란이 끝날 것만 같다. 하지만 너는 두렵다. 그의 기혼 사실을

알았을 때 너를 강렬하게 짓누른 감정은
배신감보다 지독한 질투심이었다는 진실을
받아들이기가. 질투는 힘이 세고, 너는 이기고
싶었다. 그래서 한동안 사랑을 멈출 수
없었다. 그 마음을 더는 부정할 수 없다. 너를
낯선 이곳까지 오게 만든 건 사랑도 믿음도
아닌 고작 질투……. 갑자기 웃음이 터진다.
너는 웃고 있는데 그는 티슈를 건넨다. 티슈로
눈물을 닦아내며, 웃음을 참으며, 너는 비로소
결정한다. 이곳에서 죽이고 싶은 사람을.
너의 친근하고도 유일한 말벗이자 너에게
자유를 선사하는 오로라. 사랑과 질투를
구분하지 않는 아름다운 오로라. 오로라는
그에게 전화해서 따져 물을 수 있다. 너는
정말 파렴치하다고 비난하는 동시에 언제나
나를 가장 사랑하라고 요구할 수 있다.
우리의 사랑은 남들과 다르다고, 나와 당신은

운명이라고, 그러므로 절대 헤어질 수 없다고,
당신을 기다리겠다고 말할 수 있다. 그리고
배신할 수도 있다. 그가 너를 선택할 때까지
기다린 뒤 그를 버릴 수 있다. 너는 할 수 없는
일을 오로라는 할 수 있다.

확인하고 싶은 마음과 완전한 이별이라.
그건 마치…….

그가 위스키 잔을 가볍게 돌리며
중얼거린다.

우리는 새를 묻었죠.

그의 목소리가 돌연 작아진다. 그의 말을
놓치지 않으려고 그를 향해 너는 몸을 깊이
기울인다.

그 새가 진짜 죽었는지 확인하려고 땅을
파보는 것과 다르지 않은 것 같은데요.

너는 다시 그 밤의 어둠과 거센 바람
소리를 떠올린다. 새는 죽었다. 차게 식었다.

깊이 묻었다. 땅을 파서 확인할 필요는 없을 것이다. 너 혼자만의 일이 아니기 때문이다. 그와 함께 했고 그가 기억한다. 정말 죽었느냐고 물어본다면 대답해줄 사람이 있다. 전화가 온다. 망설이던 너는 통화 버튼을 누른다. 상대의 말을 듣지 않고 너는 말한다. 아직도 모르겠어? 우린 끝났어. 다신 나를 찾지 마. 이젠 네가 죽어도 그 사실을 모르고 살 거야. 통화 종료 버튼을 누른 뒤 전원을 끈다. 전원을 꺼버리는 방법도 있음을 이제야 깨달은 사람처럼. 그뿐인가. 그의 전화번호를 차단할 수도 있었다. 전화를 받지 않고 답장을 보내지 않는 방법으로, 너는 계속 확인하고 싶었는지도 모른다. 그가 너를 여전히 찾고 있음을. 그러므로 이 낯설고 커다란 섬에 숨으면서 네가 진짜 원했던 것은…… 어쩌면 기다림.

기다려. 내가 먼저 이별을 말할 때까지 넌
아무것도 모른 채 거기 그대로 있어.

연극은 끝났다. 오로라는 죽었다.
커튼콜은 없다. 확인할 필요 없다. 오로라의
탄생과 죽음은 혼자만의 일이니까. 아무도
너에게 묻지 않을 것이다.

∞

눈은 그치지 않는다. 비슷한 색깔의
비니를 쓰고 두 사람이 걷는다. 검은 돌담
위에 쌓인 흰 눈. 너는 두 손으로 눈을 뭉친다.
하나 더 뭉친다. 그도 네 옆에서 눈을 뭉친다.
벌판에서 네가 불을 끄면 그도 껐다. 네가
하늘을 올려다보면 그도 그렇게 했다. 그가
손을 내밀었고 너는 잡았다. 그 행동에는
아무 의미도 없다. 오해하지 않겠다고 말했기

때문이다. 그는 너를 세정 씨라고 부른다.

너는 바로잡지 않는다. 언젠가 녹아 사라질

눈사람 두 개가 돌담 위에 생긴다.

작가의 말

글을 쓰면서 사랑에 대한 사유는 조금씩 달라졌습니다. 그저 제가 조금씩 변하고 있습니다. 작년과 올해가 다르고 어제와 오늘이 다릅니다. 그러므로 계속 쓸 수 있을 겁니다. '쓰다'의 자리에 '살다'를 넣어도 크게 어긋나지는 않을 것 같아요.

다시 말해볼까요.

여기 '사랑'이란 커다란 돌이 있습니다.

각자의 높이와 시력에 따라 그것은 달리
보이겠지요. 어떤 상태에 있는가 또한 중요할
거예요. 날씨의 영향도 받을 테고 누구와
어떤 대화를 나누면서 그것을 바라보는가도
무척 중요할 겁니다. 직전에 겪은 일이나
감정, 기분도 영향을 미칠 것이고 어느 면을
응시하느냐에 따라 서로 다른 이야기를
나눌 수 있습니다. 그러니까 그 커다란
돌은, 언제나 같은 모습으로 영영 변치 않을
것만 같은 그것은 너무나도 변화무쌍하고
다채롭습니다. 《오로라》를 쓰면서 사랑과
믿음을 나란히 두고 바라봤습니다. 둘의
크기는 같지 않아서 어느 한편에 더 많은
그림자가 집니다. 믿음 없는 사랑은 가능한가.
사랑 없는 믿음은 어떤 모습인가. 그게……
완전히 없을 수가 있는가. 질문은 답이
아닌 더 많은 질문을 불러옵니다. 그래서

네가 생각하는 사랑과 믿음과 없음은 대체 무엇이냐고 물으신다면…… 아직 써야 할 글이 많습니다.

지난겨울(2022년) 제주로 이사를 왔습니다. 무척 추웠어요. 눈도 많이 내렸습니다. 그때 저는 제주도의 중산간지대에 살았습니다. 눈 쌓인 백록담이 가까이 보이는 곳이었지요. 바람이 많이 불면 눈송이는 땅으로 떨어지지 않고 옆으로 날아갔습니다. 커다란 나무는 휘청거렸고, 먼바다는 출렁거렸고, 새는 날개를 활짝 펼친 채 바람에 실려 하늘을 떠다녔습니다. 사람과 사람이 만든 것을 제외한 무수한 자연이 겨울바람과 춤을 추는 것만 같았어요. 어떤 음악을 선택하는가에 따라 그 춤은 처연했고, 쓸쓸했고, 익살스러웠고,

위험하거나 다급했고, 자유로웠고, 통틀어
아름다웠습니다. 《오로라》를 쓰는 동안 벽에
비친 자기 그림자를 바라보며 홀로 춤추는
사람을, 지난겨울을 자주 떠올렸습니다.
낯설고도 신비롭던 그 겨울이 그립습니다.

　　제주로 이사 온 뒤, 언젠가는
제주의 겨울을 배경으로 소설을 써야지
마음먹었습니다. 제주도 배경의 이야기는
나의 조커 카드로 아껴두겠다고 다짐했었다는
뜻입니다. 되도록 그 시기가 아주 늦게 오길
바랐습니다만…… 2년도 지나지 않아 조커를
꺼내 쓰고야 말았어요. 괜찮습니다. 트럼프
한 덱에는 두 장의 조커가 있으니까요. 아직
한 장 남았습니다. 그리고 다행히 사랑은
변화무쌍합니다.

'사랑'의 자리에 '사람'을 넣어도
좋겠습니다. '변화무쌍'의 자리에 '영원'을
넣어도 괜찮을 테고요. 다시 말하자면,
매일과 당신은 매 순간 낯설고도 신비롭군요.
그리워합니다.

2024년 겨울

최진영

- 49

오로라

초판 1쇄 발행 2024년 2월 21일
초판 7쇄 발행 2024년 7월 31일

지은이 최진영
펴낸이 최순영

출판2 본부장 박태근
스토리 독자 팀장 김소연
편집 곽선희 김해지 이은정 조은혜
디자인 이세호

펴낸곳 ㈜위즈덤하우스 **출판등록** 2000년 5월 23일 제13-1071호
주소 서울특별시 마포구 양화로 19 합정오피스빌딩 17층
전화 02) 2179-5600 **홈페이지** www.wisdomhouse.co.kr

ISBN 979-11-6812-750-0 04810
979-11-6812-700-5 (세트)

값 13,000원

한 조각의 문학, 위픽 ⓦⓔⓕⓘⓒ

구병모 《파쇄》
이희주 《마유미》
윤자영 《할매 떡볶이 레시피》
박소연 《북적대지만 은밀하게》
김기창 《크리스마스이브의 방문객》
이종산 《블루마블》
곽재식 《우주 대전의 끝》
김동식 《백 명 버튼》
배예람 《물 밑에 계시리라》
이소호 《나의 미치광이 이웃》
오한기 《나의 즐거운 육아 일기》
조예은 《만조를 기다리며》
도진기 《애니》
박솔뫼 《극동의 여자 친구들》
정혜윤 《마음 편해지고 싶은 사람들을 위한 워크숍》
황모과 《10초는 영원히》
김희선 《삼척, 불멸》
최정화 《봇로스 리포트》
정해연 《모델》
정이담 《환생꽃》
문지혁 《크리스마스 캐러셀》
김목인 《마르셀 아코디언 클럽》
전건우 《양심》
최양선 《그림자 나비》
이하진 《확률의 무덤》